Primera edición (Ediciones Corunda, S.A. de C.V.): 1996

Primera edición (Fondo de Cultura Económica): 2002

Coordinador de la colección: Daniel Goldin
Dirección artística: Mauricio Gómez Morin
Diseño: Joaquín Sierra Escalante

D.R. © 2002, Fondo de Cultura Económica
Carr. Picacho Ajusco 227, México, 14200, D.F.

ISBN 968-16-6396-9

Impreso en México. Tiraje 10 000 ejemplares

El peinado
de la tía Chofi

texto de **Vivian** Mansour Manzur
ilustraciones de **Martha** Avilés

LOS ESPECIALES DE
A la orilla del viento

El sábado fuimos a una boda. A mí no me gustan las bodas, pero a mi tía Chofi le encantan. Durante varios días se arregla, se acicala y se viste con plumas, pieles, piedras y guantes. Pero hay algo que siempre me quita la respiración: su peinado.

Y es que cuando hay una boda, primera comunión, quinceaños o funeral, mi tía Chofi hace una cita en el "Salón de Belleza Elodia".

En ese lugar, la señora Elodia realiza el milagro: agarra
los pocos pelos rojos de mi tía, que ya está medio calva.
Después los lava, los seca, los estira, les hace crepé, los
extiende y los soba hasta transformar la escasa cabellera

de mi tía en un edificio de fantasía de varios pisos, con rulos, rizos, caireles y rosetones. Lo hornea durante algunas horas en el secador y después lo rocía con siete litros de laca para darle firmeza y sostén a su creación.

El día de la boda, mi tía llegó a nuestra casa
con un peinado que medía dos metros de altura.
Se veía impresionante.
Cuando abrimos la puerta para salir, se escuchó un
zumbido. Al levantar la vista al cielo descubrimos
un bicho que se acercaba volando a toda velocidad.

–¿Qué es eso? –preguntó mi mamá.

–¡Yo sé lo que es! –aclaré triunfal, cuando lo pude
distinguir más de cerca–. Es un mayate.

–¿Y eso qué es? –interrogó mi hermana.

–Un mayate –les informé– es una especie de escarabajo,
pero un poco más rechoncho, chaparrito y escandaloso.
Y fíjense qué curioso: el mayate era del mismo color rojo
brillante que el cabello de mi tía.

El insecto voló en picada y ¡zaaaao!, se zambulló en el peinado.

–¡Aaaaayy qué asco! –gritó mi mamá.

–¡Aaaaayy qué susto! –berreó mi hermana.

–¡Aaaaayy qué barbaridad! –se histerizó mi tía–. Quítenmelo, pero sin descomponer el peinado –advirtió.

Nos asomamos temerosos a las profundidades
de esa selva roja.

–Ya lo vi –dijo mi papá–. Está un poco aturdido y
mareado por el olor de la laca. Sal de ahí.

El mayate no obedeció. Le metimos un lápiz. Hurgamos
con el dedo. Le soplamos. Y nada.

El peinado seguía intacto y el insecto seguía adentro.
De nada valieron súplicas, amenazas ni los más rudos
procedimientos.

–Ni modo –se impacientó mi papá–. Se nos hace tarde.
Tendrás que ir con… con… eso.

Mi tía, aunque nerviosa, sabía que no tenía otra
alternativa.

La fiesta transcurría normalmente, pero mi tía se sobresaltaba a cada rato. Cuando terminamos de cenar y empezó la música, mi tía ahogó un grito.

–¿Qué te pasa? –le pregunté.

—Creo que el escarabajo está bailando —susurró.
Me asomé al peinado y, efectivamente, el escarabajo rojo
estaba bailando el primer vals de la noche.

Observé fascinado, que el merengue del pastel de bodas
tenía grandes semejanzas con el peinado de mi tía.

Llegó el momento de felicitar a los novios. Mi tía
se levantó, como todos, y al abrazar a la novia…
¡zzzzzzzzzzzzzz! el escarabajo decidió volar en el interior
del peinado.

–¿Qué ruido es ése? –preguntó la novia, algo asustada–.
Parece que viene de tu cabeza, tía.

–Es mi aparato para la sordera –respondió ella con una
sonrisa de pánico.

Entonces sucedió lo peor: el escarabajo se asomó, salió del peinado, caminó por su superficie y zumbó malévolamente.

–¡En el peinado de la tía Chofi HAY un animal! –gritó la novia.

A mi tía, del horror, se le erizaron los pelos, y el peinado, ¡y el peinado se desbarató!

La orquesta interrumpió la melodía que estaba tocando.

El escarabajo salió disparado. Dio tres vueltas zumbando por el aire y aterrizó en el escote de una invitada de talla extragrande.

El escarabajo resbaló por la abertura y al cabo de un minuto salió muy impresionado.

Parece que después de lo que había visto, tenía ganas de brindar así que se echó un clavado en una copa de champaña y nadó un poco.

Fue a la mejor boda que he asistido. En la siguiente invitación que tuvimos, mi tía Chofi para evitar problemas, se compró un sombrero nuevo.

¡Y qué sombrero! Pero lo que sucedió con el sombrero de la tía Chofi se los contaré en otra ocasión.